歌仙　永遠の一瞬

思潮社

谷川俊太郎
三角みづ紀
蜂飼耳
小島ゆかり

岡野弘彦
三浦雅士
長谷川櫂【捌き】

目次

歌仙　永遠の一瞬

何も無い日を有難うの巻

谷川俊太郎（俊水）
三浦雅士
岡野弘彦（乙三）
長谷川櫂

I

神無月
何も無い日を
有難う　　俊水

小春の空を
ほうと眺める
大島へ　　雅士

しぐるる海を
漕ぎいでて　　乙三

少年といふ
永遠《とわ》の方舟

櫂

朧月夢中夢中夢花吹雪

雅

おたまじやくしを
すくひかねる子

俊

2

みづぬるむ
岸辺にいまも
母の家
櫂

水晶の谷を
夢に見て寝る
乙

アラビアの魔神
すつくと
立ち上がり
雅

けむりの奥へ
美女はいざなふ

櫂

まなざしと
声と
ゐくぼと
ふくらはぎ

俊

孔孟を説く
市中《いちなか》の秋

櫂

ふかぶかと
月照りとほる
河童渕
乙

ずぶ濡れの身に
染みる川風
雅

山門を
入りて　つつしむ
親の墓
乙

ひろうた猫に
子ねこ
生まるる
櫂

花びらを喜んでゐる水たまり　俊

老いも若やぐ
春を愛《を》しまむ　乙

3

深夜ひとり
一億年の
雨の音　雅

スマホが告げる
明日の運勢　俊

わなわなと
八百比丘尼
神がかる
乙

人魚食うたる
罪おそろしや
櫂

ダメなのか
押しくらまんぢゆう
するだけぢや
俊

吾子《あこ》を見つめて
微笑《ゑみ》がこぼれる
戦より
雅

帰りて得たる
娘ふたり
風にさやぎて
楡の木は立つ

乙
櫂

わたくしは
わたくしのまゝ
年をとる
夜寒に浮かぶ
肌薄き
腕

俊
雅

書けば憂し
書かねば　空も
星月夜
すすきのなびく
丘こえてゆく

乙　　　俊

4

見下ろせば
ハンブルク港
波白し
いまも沖ゆく
バイキング船

雅　　　櫂

なごり惜しむ
歌を襖に
のこしおき

乙

かはづ鳴く夜に
友と一献

俊

陸奥《みちのく》の
真闇に香る
花の城

雅

ヒバリが一羽
遊ぶ
朝空

燿

幻の世阿弥を追うて

岡野弘彦（乙三）
長谷川櫂
三浦雅士

I

幻の
世阿弥を追うて
しぐれゆく

乙三

ゆふべの
夢の雪の
菅笠

櫂

天昏く
彼岸誘ふ

舞ひ扇　　雅士
秋の海峡を
わたりゆく
蝶　　乙
島々の
寝姿を
月
照らし出づ　　櫂
薄が原に
きらめく
笛の音　　雅

2

のがれきて
伊勢路をたどる
女《め》男《お》の旅
ずしりと重き
公金横領
松風の
大豪邸も
いまはなく

乙　雅　櫂

青きプールを
濡らす
秋雨

雅

じんじんと
歯の疼く夜を
月さやか

乙

蒸羊羹の
栗に
往生

櫂

伊賀越えの
仇討咄
身にしみて　　乙

語呂合はせして　逃げる
一席　　雅

三平の
二階にありし
四畳半　　櫂

窓をあくれば
なびく
青柳　　乙

盃に
花ひとひらを
浮かばせて
いまを時めく
稚児は
藤若

雅

櫂

3

悪左府が
　日記《にき》に残せし
恋の沙汰　　乙
　祭囃子に
肌　紅潮し　　雅
　田楽の
鼓を張るに
馬の皮　　櫂
　シルクロードに
蜃気楼たつ　　乙

少年の声
高らかに
春響く
雅

ウィーンの街に
燕くるころ
櫂

空のなき
クリムトの絵の
不思議さよ
乙

胸苦しさも
快楽のうち
雅

生霊と
　なり果てし身の
　　あさましさ　　櫂

真葛ヶ原に
　念珠
　　おしもむ　　乙

今宵また
井筒の月を
　覗かんと　　雅

砧を打てば
　浮かぶ
　　面影　　櫂

4

彼岸此岸
インターネットの
夢幻能

女代議士　ひとり
爪嚙む

雅

乙

人生の
ここ一番の
佐渡の酒

櫂

我が晩年の
あはれ
春風

雅

如意輪寺の
甍傾く
花ふぶき

乙

恨みは解けて
朝寝
むさぼる

櫂

火の恋の巻

三角みづ紀
岡野弘彦（乙三）
三浦雅士
長谷川櫂

I

火の恋し
今朝はポストに
投函し
みづ紀

出水の鶴の
声すみとほる
乙三

月光の下
ひたる走る新幹線
雅士

ひとり
目覚めて笑ふ
赤ん坊

櫂

孕み熊
ひそかにこもる
雪の山

乙

君を呼んだら
かへつて眩しい

み

2

はじめての
エッグ・ベネディクト
焼きあがり

燿

１ＤＫの
二人の孤独

雅

窓ばかり
青く染まつて
夏の雨

み

扉蹴破る
二丁拳銃
おしまひは

雅

腹切り
ジャポニカ・ウエスタン

乙

秋刀魚あはれや
ステーキとなる

櫂

所在ない
無月の音は
伸びやかで　み

ランプをともす
霧の
山小屋　乙

ひつそりと
スマホ手にした
影ばかり　雅

太陽系の
春の
夕暮れ　櫂

煌々と
岬の花の
咲きみちて

乙

まばたきをして
永き日の
果て

み

3

トランプが
あれよあれよと
逆転し

燿

ロシア革命
はや一世紀

雅

初恋の
白樺の夏
すぎゆきぬ

櫂

すべらかに触れた肌は　灼かれた

み

仰向けになつて
見上げる
キッスシーン

雅

星　冴えざえと
明けちかき空
乙

豚小屋に
息を殺せる
日本兵
櫂

汽笛が鳴つてゐる
朝がある
み

長崎の
茂吉のごとく
身はさびし
乙

秋風白し
精神医学

雅

月光に
生命線を
かざし見て

乙

露を宿した
葉の
儚さよ

み

4

ここ一番
わびさび超える
スキヤキ丼　雅

十億円の
宝くじ買ふ　燿

けふもまた
ビル風つよき
メトロ駅　雅

子もち雀が
脚によりくる　乙

降りしきる
花のかけらに
誘はれ
千年のちの
春
から
手紙

み

櫂

清き憂ひ——沼空を憶ふ

三浦雅士
岡野弘彦（乙三）
長谷川櫂

I

清き憂ひと
　ともにありたし
　　秋の暮　　雅士

こだまはかへる
月　蒼き山　　乙三

暁の夢を
　去りにし
　　鹿いづこ　　櫂

目を見かはせば
かれも
まれびと

雅

ひそひそと
吹きて過ぎゆく
神渡し

乙

竈《かまど》の留守を　まもる
ぶち猫

櫂

2

津軽では
河童の夫婦《めおと》を
造らせて　　雅

胸乳《むなち》やさしく
人を誘《いざな》ふ　　乙

まつ白な
ドレスの下の
コルセット　　櫂

ローストビーフも
手つかずのまゝ　　雅

少年は
　凜々しく
　　海に　のりいだし

　　乙

星もさやかに
　たどる
　　島々

　　櫂

　　あはれ知る
普天間宮の
　基地の月

　雅

みみず鳴く夜は
別《わ》きてさびしき
貝塚といふ

乙

飲食《おんじき》の業《ごう》の
果て

櫂

春の芝居は
天井桟敷
負へる子も

雅

花に見ほるる
海女《あま》の宿
おぼろおぼろに

乙

父は
藤原

櫂

3

大草原
疾駆する日を
夢に見て
空舞ふ

雅

鷹を
統べる
指笛

櫂

神かけて
　三世を誓ふ
酒の酔ひ　　乙

若き嫁御に
股
抓《つね》らるる　　雅

　つくづくと
春画をのぞく
虫めがね　　櫂

熊野詣での
　列ながき
蟻　　乙

指さして
叫ぶ幼児の
声朗ら
ときも
さくらも
みな
新幹線

雅

櫂

世にはなし。
高峰秀子
原節子

乙

名画座
出《いづ》れば
秋風寒し

雅

月に読む
憤ろしき
戦死報

燿

南へ渡る
鳥に
祈らん

乙

4

哀しみも
人それぞれに
深き皺

白寿の媼《おうな》
山姥を
舞ふ

雅

乙

朝　いちばん
軽く百回
スクワット
耀

走り越えたり
草萌えの丘
乙

花のもと
来ぬ人を待つ
中千本
雅

柳けぶらせ
春は
暮れゆく
耀

文字を夢みるの巻

蜂飼耳
岡野弘彦（乙三）
三浦雅士
長谷川櫂

I

春立つや
文字を夢みる
白い紙
耳

富士うらうらと
空にかがやく
遠望す
乙三

高層ビルに
風強し
雅士

甘く切なき
ヴェルディの
アリア

權

月光《つきかげ》の
とほり照るまで
谷　深し

乙

初茸狩に
行きて
還らぬ

耳

2

瓜坊と
遊んで育つ
赤ん坊
食ふものあはれ
食はれる　定め
昼の雨
拒みきれない

耀

雅

文が来て
逢ひてかたれば
ちかきふるさと
一夏の
思ひ出淡し
バンコック
濁れる水に
蓮の花　ちる

耳　乙　雅　櫂

江戸っ子の
喧嘩おさめて
月　涼し

雅

犬さりげなく
路地に
消えゆく

乙

倒閣の謀議めぐらす
影法師

櫂

蜜のしたたるごとき
春の夜

乙

客人《まらうど》に花の傘貸す大桜

耳

ぬるめの燗の
木の芽田楽
燿

3

児の眼から　見れば
此の世は
怪物館
雅

角　曲がるたび
知らぬ
横顔
耳

幸福の村へ
ゆく道
問ひたきに　櫂

吹雪　強まる
ワルシャワの
朝　雅

光差し
獣の群の
乗車して　耳

わが身は影と
細り来にけり　乙

微笑まし
二十歳の恋の
豪速球

雅

消えた後にも
なほ残る
声

耳

連綿と
未来へつづく
歌の
みち

櫂

昭和かなしと
きりぎりす泣く
乙

満月や
波を奏でる
見えない手
耳

一寸《ちよつと》一杯
秋冷冷酒
雅

4

海あをく　晴れて
曾孫《ひまご》の誕生日
乙

この世の果ての
税の楽園《タックスヘイブン》
働けど
会社ばかりが
巨大化し
土筆に紛れ
土手に寝転ぶ

耀
雅
耳

峯かけて
天城の花は
次々と　　　　　　　　　　乙

空の奥より
春の潮の
音《ね》　　　　　　　　　　櫂

花見舟空に——大岡信を送る

長谷川櫂
三浦雅士
岡野弘彦（乙三）

I

二〇一七年四月五日、大岡信永眠。九日、吉野山にありて

花見舟　空に浮べん吉野かな　　櫂

春の底なる
われぞ
さびしき　　雅士

かぎろひに
憂ひの瞳
けぶらせて　　乙三

鬼の詞《ことば》のひらく
深淵
少年は
水辺の月の
裏に棲み
暗き夜明けの
霧に
笛吹く

耀　雅　乙

2

紅葉の
ケネディ空港で
すれ違ひ
わかき前髪
風になびく
娘《こ》
悶々と
恋の虜《とりこ》の

雅　乙

桃太郎

耀

学年雑誌の
表紙そつくり

雅

柿田川
せせらぐ水に
抜手切る

乙

涼しき月の
照らす病床

耀

明るくて

寂しき人に
見舞はれて

雅

海鼠のごとく
口とざしゐる　　乙

母と子に
大岡裁き
情けあり　　燿

コラム讃へて
春の酒酌む　　雅

咲き垂るる
み堀りの
花も

暮れかかり
蚕の棚に　乙

桑
ゆたかなり　櫂

3

三平の女将《おかみ》に
贈る歌一首　乙

三人《みたり》で競ふ
歌仙　幾巻　櫂

この世では
テロに
ミサイル
憲法改正

雅

人類ほろぶ
日を思ふなり

乙

薔薇咲いて
いつもの朝と
同じ朝

櫂

丘のうなじに
恋は垂直

雅

言葉もて　さはる
森あり
湖水あり

耀

冷えとほる
身に　もゆる
オーロラ

乙

塵ならむ
我が瞳に宿る
秋の天体

雅

友来れば抜く
ボルドーの古酒

耀

ほろほろと
胸に沁み入る
月の色

乙

いのちをこめて
歩む
一筋

雅

4

富士の山
夜ごと
夢みるパリに来て

乙

セザンヌの絵を
　一枚
　　選ぶ
雅

歌ひつつ
　海の底ゆく
　　電話線
櫂

沖めざしゆく
てふてふの群
乙

硝子戸に映る
桜花に
抱かれて
永眠
といふ
春の
うたたね

雅
櫂

すみれの巻

小島ゆかり
岡野弘彦（乙三）
三浦雅士
長谷川櫂

I

前《さき》の世は
文豪なりし
すみれかな

ゆかり

春の七草
そらんずる　子よ

乙三

月　おぼろ
物干場《ブッカンジョウ》で吸ふ
一本

雅士

起床ラッパが
頓狂に鳴る
明星に

櫂

願ひをかける
初年兵

乙

秋風さむき
ピノキオの　鼻

ゆ

2

自然薯の
長さ比べん
新莚《にいむしろ》
虫鳴くなかで
パスカルを
読む
夢ならず
盗まれたきを

耀

雅

紺の闇
身は
うつつなし

ゆ

いざなはれゆく

乙

人類は
宇宙の癌
と思ふ
夏

雅

刺青かなし
大和塊《かたまり》！

燿

男達《だて》女達　とや
かしましく

乙

敵をあざむく　縞馬の縞

ゆ

四畳半
イタリアのソファ
大きすぎ

擢

うららうららと
過ごす　一日

雅

老いの身にしみて
待たるる

吉野の花
昔の春の
みづおと
天に

乙　ゆ

3

川の字が
H字になる
昼寝して
心はいまも
草原をゆく

雅　燿

モンゴルの力士は
冬も薄着なる

ゆ

背の大空に
尾白鷲
飛ぶ

雅

天城より
富士に伸びたる
あかね雲

乙

閑とひびくは
朝風呂の
桶

櫂

紅　差して
心装ひ
しゃんと立つ

雅

風か　体か
濃くなる
日暮れ

ゆ

かきよせて
妖しきまでに
香るなり

櫂

七瀬の水に
みそぎ祓ひて
月　あかし
　　　　乙

こゑあるごとき
夜の魚
　　　　ゆ

気澄み
水澄み
静寂《しじま》
深まる
　　　　雅

4

オリーブの実の
　黒々と
丘　つづき
燿

海のはたてに
　消えゆく
帆舟
乙

寧波《ニンポー》の
　壁の白さに
故郷みて
雅

　寝ころぶ
芝の芽は
　こそばゆき
乙

花　しづか
一生《ひとよ》半ばの
けふの晴れ

ゆ

春風をみて
笑ふ
初孫

櫂

跋　三浦雅士

1

二〇一七年四月五日、大岡信が永眠した。享年八十六。

この集には七つの歌仙が収められているが、「花見舟空に」を除く他は大岡永眠以前の作であるにもかかわらず、結果的に、大岡信を送るという主題が底流することになった。この集に先立つ『歌仙　一滴の宇宙』の跋にも書きしるしたことなので繰り返さないが、岡野弘彦、長谷川櫂、私の三名がほぼ毎月行っているこの歌仙の会そのものが、一九七〇年、安東次男、丸谷才一、大岡信らの始めた集まりに淵源するからだろう。

連衆揃っての意向で、冒頭、谷川俊太郎を客人に迎えたが、谷川が日本の現代詩壇において大岡のほとんど盟友と言っていい存在であったことは指摘するまでもない。同人誌・櫂の集まりにおいて、連句の向うを張って連詩を試みようではないかと、大岡に強いたのは谷川である。このことは他にも何度か書いたので縷説しないが、その結果、『櫂・連詩』という興味深い書物が生まれることになった。

連句に触発された連詩の試みは、すでにオクタビオ・パスらによってなされている。当然のことだが、大岡と谷川は同人誌・櫂において連詩を始めただけではなく、外国の詩人たちと連詩を巻くことをも始めた。櫂においてのみならず、諸外国の連詩においても、大岡が宗匠すなわち捌き手の位置に立ったのは自然な流れだった。芭蕉の国すなわち日本の詩人であり、かつ学匠すなわち批評家だったからである。大岡の一九八〇年代、九〇年代は、世界中を駆け巡って外国の詩人たちと連詩を巻くことにその力の大半が尽くされたと言って過言ではない。大岡はそのただなか脳梗塞で倒れ、事を持続することができなくなったのである。

私の記憶では、谷川は大岡とさまざまな機会に連詩を巻いているが、連句は巻いていなかったと思う。連衆のひとりとして、谷川に大岡ゆかりのこの歌仙に一度は加わってほしいと思った理由である。むろん谷川がどういう句を作るか興味津々だった。

谷川は、少なくとも大岡ほどには連句、連詩に可能性を見出せなかったのではないかと、私は思っている。大岡が連句に強い関心を示すのを見て、同じ試みが現代詩においても可能なのではないかと大岡を挑発したのは谷川だが、その結果出来上がった連詩は、少なからぬ数に上るものの、谷川を満足させるものではなかったのだろう。その後、大岡が連句、連詩のいわば渦中に身を投じたのに対して、谷川はその流れに対してあくまでも距離を取っていたと、私には思われる。

大岡と谷川は、いわば肝胆相照らす仲と言っていいほどだったと思うが——このことは谷川の離群性すなわち孤独癖を最初に指摘したのが大岡であったことを思えばいよいよ興味が深いが——、連句、連詩に関しては、谷川と大岡の見解は微妙に違っていたのである。谷川には、現代文学のひとつの方法として、連句、連詩がきわめて重大であるとは、結局、思えなかったのだと、私は思う。谷川は、同じように主体の変容——つまり誰が語り誰が歌っているのか——が焦点となる領域であるにもかかわらず、絵本、童謡、言葉あそび歌などには持続的な関心を示したものの、連句、連詩にはそこまでの関心は示さなかった。だが、大岡が熱心になるのに反対はしなかった。むしろ、国の内外を問わず、参加を請われれば応じて、大岡の情熱の後押しをしていた。とはいえ、大岡にとっては連句、連詩が最終的には自身の思想の核心を占めるまでに至ったと思われるのに対して、谷川にとってはそういうふうにはならなかったと私は思っている。

ここにはきわめて興味深い問題があって、それは『歌仙　永遠の一瞬』に直接的にかかわっている。たやすく論じ切れるものではないが、問題の所在は明らかにしておく必要がある。以下、論じ方が伝統から逸脱するのは致し方ない。歌仙から一人の句を抜き取って論じるのは邪道とも思われようが、問題そのものが新しいのでそれ以外に接近のしようがない。とはいえいかに新しく見えようが、これは連句連歌をさかのぼってさらに古くからある問題である。人麻呂、黒人、家持という流れが孕んでいた問題、山本健吉のいわゆる詩の自覚の歴史も畢竟ここに帰結すると私は思っている。
「何も無い日を有難うの巻」から、谷川の句だけを摘出する。
神無月何も無い日を有難う
おたまじやくしをすくひかねる子
まなざしと声とゑくぼとふくらはぎ
花びらを喜んでゐる水たまり
スマホが告げる明日の運勢
ダメなのか押しくらまんぢゆうするだけぢや
わたくしはわたくしのまゝ年をとる

書けば憂し書かねば空も星月夜
かはづ鳴く夜に友と一献

運座にあって私は谷川の視点の新しさ鮮やかさにそのつど息を呑んだが、そのことについてはここでは触れない。それだけで一冊の本を要する主題だからである。

私の記憶では、大岡が加わった歌仙が文字になった初出は、石川淳、安東次男、丸谷才一らと巻いた「新酒の巻」であり、雑誌「図書」一九七四年三月号に掲載された。谷川の句と対比すべく、そこから大岡の句だけを摘出する。連衆がいずれも四人でもあり、比べやすい。ともに九句である。

月よしと訛うれしき村に入り
どさりと落ちる軒の残雪
みちづれのすごろく打が寝言癖《へき》
三日替へざる風呂をまた焚く
つゆ垂らしさざえを吸えば腥く
だみ声でゆく婚礼の列

地震《なゐふ》るにまづひつつかむ宝石《いし》の篋《はこ》
よその紅葉をたかく売る茶屋
遣水で炊いてふるまふ嫁菜飯

巧拙をあげつらおうというのではない。そもそも二人ともにそれぞれがそれぞれの世界を貫徹していて巧拙が問題とされるような場にはいない。谷川が二十一世紀の現在に身を置いているのに対して、大岡は近世に身を移そうとしているように見えるが、連衆の違い、座の違いである。「新酒の巻」の連衆は古人との交わりに興を見出している。

ちなみに「新酒の巻」が巻かれた一九七四年、大岡四十三歳。「何も無い日を有難うの巻」が巻かれたのはその四十二年後の二〇一六年で、谷川八十五歳。制作時の年齢の違いなど何ほどのこともないと思わせるほど、資質の違い、性格の違いが歴然としている。だが、注目すべきもっとも大きな違いは、「私」というもののありようの違いである。そしてそれは、連句、連詩というものに向き合う姿勢の違いであると、私には思われる。端的に言って、谷川の句は臨機応変、柔軟きわまりないにもかかわらず、谷川俊太郎という「私」の存在は——かりにその核心が本人にとってさえ謎であるにしても——つねに確固一貫しているのである。

「神無月何も無い日を有難う」というのは、十月のある日、カレンダーに何の予定も書き込まれていないのを見てほっとしているとの意だが、「有難う」という語は谷川自身の述懐以外の何ものでもない。読むものはその述懐に谷川の日常、谷川の個性を見る。何も無い日を寂しいと思う者もいくらもいるだろうが、谷川はそうではないのである。たとえば、有難うとは感謝の意だが、それではいったい谷川は何に対して感謝しているのか、と問うことができる。神でも自然でも運命でもない、少なくともそういったものに特定できない何かであるとすれば、谷川は、感謝する姿勢そのものに意味を見出しているということになる。ここでは、谷川が意識するしないにかかわらず、ふっと口をついて出た言葉をそのまましるすことで、谷川は谷川の「私」のありようそのものを主題にしているのだ。

　同じように、「おたまじやくしをすくひかねる子」を見ているのも、「まなざしと声とゑくぼとふくらはぎ」を見ているのも、「花びらを喜んでゐる水たまり」を見ているのも、谷川自身である。まさか「スマホが告げる明日の運勢」を見ているとは思えないが、見ている人を見ているのが谷川であることは疑いない。「ダメなのか押しくらまんぢゆうするだけぢや」と幼年の眼を借りてカマトトふうに呟いているのも、「わたくしはわたくしのまゝ年をとる」と思っているのも谷川なのだ。

これに対して、「月よしと訛うれしき村に」入るのは大岡ではない。大岡であってもいいが、とすればその情景の登場人物に身をやつしているのであって、読む側はそのやつしの芸を喜ぶのである。「どさりと落ちる軒の残雪」を聞いているのも、むろん大岡であってもいいが、これもとりたてて大岡である必要はない。誰もが聞いたことのある音に焦点を当てて、その音ひとつに寒さの緩んだ春の訪れを感じさせ、読む側の頬をも緩ませているのだ。大岡は小説の作者であって登場人物ではない。

同じように、「みちづれのすごろく打が寝言癖」も、「三日替へざる風呂をまた焚く」も、「つゆ垂らしさざえを吸えば腥く」も、自身の体験ではない。作句にあたって、読書をも含む自身の体験の積み重ねが功を奏していることは疑いないが、作者はあくまでも役者が舞台で振る舞うのと同じことをしているのだ。「だみ声でゆく婚礼の列」を見ているのも、大岡である必要はない。不意の地震に慌ててまず宝石箱を抱えて逃げようとするのは、たぶん女であって男ではない。すべて滑稽を旨としているが、それは「よその紅葉をたかく売る茶屋」において極っており、読者は秋の嵐山を望む渡月橋辺りの茶屋を思い出して膝を叩くわけである。「遣水で炊いてふるまふ嫁菜飯」は涼しさを味あわせる句だが、情景を描いているのは大岡であっても、大岡が登場人物というわけではない。かりに登場人物であると見立てても、その役を演じているにすぎない。大岡という「私」である必要はまったくないのである。

谷川と大岡のこの違いに近代文学また現代文学の基本的な問題が潜んでいることは指摘するまでもない。

芭蕉以後、連句から切り離された発句――逆に言えば連句を切り捨てた発句――が「私」の述懐へと傾斜してゆく過程は、蕪村、一茶、子規によって体現されているわけだが、あえていえばその正確な延長上に谷川がいるわけである。たとえば蕪村の「歩き歩き物おもふ春のゆくへかな」、一茶の「井の底をちよつと見て来る小てふ哉」などの後に「花びらを喜んでいる水たまり」を置いてみると、句のたたずまいの変化の過程が分かると言っていい。三句がなだらかに続くのは「私」のありようがどこかしら似ているからだ。谷川の句も自然詠ではない。水たまりの身になって花びらを喜んでいる「私」という現象の不思議が示唆されているのだ。童心に還っているようだが、その還り方の歴史の担い手として谷川俊太郎という存在が現にいるのである。

だが、丸谷、大岡らから「威張りの安東」と揶揄された安東次男の考えは違っていた。連句から発句を切り取って、それを個の表現手段とするということの展開の必然を十分に理解したうえで、安東は、逆に芭蕉の連句へとさかのぼろうとしたのだと言っていい。単刀直入に言えば、安東は、連句ひいては文学の本質は演ずることにあるのだと、芭蕉自身、考えていたに違いないと思っているのである。

　大岡は、「芭蕉私論」（『現代芸術の言葉』所収）において、発句は現代詩へと、連句は現代小説へと展開するのだと示唆しているが、連句において大岡はあたかも芝居の登場人物のように演じようと努力しているように見える。大岡の考えでは、安東の流儀はそのような文脈で深い意味を持つのである。連句に近いのは、詩でも小説でもなく、演劇なのだ。

　宗左近が歌仙の演劇的なありよう、戯作的なありようを嫌って、発句の真摯を採ったことは『歌仙　一滴の宇宙』の跋で述べた。逆に、安東、丸谷、大岡は、発句の真摯に近代の限界を見、歌仙の遊戯に近代を超える契機を見ようとしたのだと言ってもいい。

3

言語の本質も、芸術の本質も、他と入れ替わること——人の身になること——である。他と入れ替わる能力がなければ言語も芸術も成立しない。だが、それは人間だけではない。他と入れ替わる能力がなければ、植物はともかく、動物は生きてゆけない。追うものは追われる身になり、追われるものは追う身になることができなければ、動物の種は存続できないのだ。そして、他と入れ替わるこの能力が成立するためには両者を俯瞰する眼がなければならないのである。他と入れ替わる能力とは自己を離れたところから自己を見る能力のことである。この俯瞰する第三の眼が絶対的に必要とされるのは、蝶番のようなその眼がなければ自他の入れ替えそのものが成り立たないからである。この自他入れ替えの仕組が自立して——つまり対象化されて——言語現象が生まれたのだと私は思っている。

「私」もまた自他入れ替え——つまり他者になること——のみによって生じる。「子の身になった母」の身になって引き受けることになったその身が「私」であるからこそ「私」とは初めからいわば無限の入れ子構造を成すわけだが、それがそのまま言語の構造を示していることは疑いない。言語現象と私という現象は違ったものではない。したがって、谷川俊太郎の「私」もまた、言語現象の焦点としてあるということになる。

だが、大岡が実践している演劇としての連句もまた、言語現象、私という現象を焦点とするものなのである。私が私になるためには俯瞰する第三の眼が絶対的に必要とされるというその仕組は、演劇の仕組と寸分も違っていないのだ。私とは私の演出家のことである。すぐれた演出家であるためにはすぐれた観客でなければならない。「月よしと訛うれしき村に入り」も「どさりと落ちる軒の残雪」も芝居か映画の一場面のようである。「みちづれのすごろく打が寝言癖」も「三日替へざる風呂をまた焚く」もいかにも曰くありげで何か物語のさらなる展開を期待させるかのようだ。ここでは役者を演じさせる演出家の技量、いわば俯瞰する第三の眼――それが作者というものなのだ――のその手腕が問われているのだ。大岡に言わせれば連句の魅力は挙げてそこにあるのである。

同じ「私」でも、谷川のそれは発句的であり、大岡のそれは連句的であると言ってもいい。これは二人が歌仙で詠んだ句に当てはまる以上に、二人の詩作の全体に当てはまることである。大岡の連句へのこだわりは、歌仙の場にこれだけ数多く臨みながら一度も自身の発句集を編もうとしなかったことに端的に示されている。大岡にしてみれば、発句は現代詩で十分、連句の魅力を回復することこそ焦眉の急なのだ。

だが、ここでもっとも興味深いことは、この技量も手腕も、言葉という抵抗物を相手に発揮されるということである。

谷川がこの問題に鋭敏であるのは指摘するまでもない。そのことは、

書けば憂し書かねば空も星月夜

という句の成立の経緯によく示されている。

初めこの句は「書けば憂し書かねば空し星月夜」であった。それに付けようとした岡野弘彦が、句を確認しようとして、「し」を「も」と読み違えた。読み違えを耳にした谷川が、一、二度口ずさんだ後、ただちに読み違えたほうを採って「書かねば空も星月夜」で行くことにしたのである。

この決断は見事だったと思う。

誰が見ても、「わたくしはわたくしのまゝ年をとる」に見合うのは「書けば憂し書かねば空し星月夜」のほうである。谷川の「私」へのこだわりがいっそう強められているのだ。だが、同時に息苦しく重苦しくもある。谷川が「書けば憂し書かねば空も星月夜」を採ったのは、「し」が「も」になっただけで――とはいえ「むなし」と「そらも」では大違いだが――息苦しさ重苦しさが捨てられ、一挙に星月夜の広がりが感じられるようになり、かえって自身の意

図を表わしているように思えたからに違いない。書いても書かなくても空しいという思想から、星月夜すなわち宇宙の森羅万象は書かないことによってむしろ輝くという思想への移行である。

同じニヒリズムでも、たとえば連詩『旅』の第４番、

さえぎるな
言葉！
私と海の間を

に呼応するのは、「空し星月夜」ではなく「空も星月夜」のほうである。その事実を、読み違えという言語現象から教えられたのだと言っていい。書いても書かなくても空しいのは書くことは畢竟、世界と私の間をさえぎることだからである。

興味深いのは、にもかかわらずというか、だからこそというか、先に引いた谷川の九句のなかで、「書けば憂し書かねば空も星月夜」が異質であるということだ。谷川の「私」が文字通り「空」に放り投げられているかのような印象があるからである。放り投げられている分だけ、他の句の「私」とは異質なの

だ。

大岡は、連句、連詩によって、いわばこの言葉によって教えられるという流儀を徹底的に採ることにしたのだと思えば分かりやすい。むろん、大岡にはもともとそういう資質があったとも言える。私の眼には、大岡の、シュルレアリスムに対する関心も、連句、連詩に対する関心も、同じ場所から出ているように見える。

大岡が自身の詩集『悲歌と祝禱』の「水の皮と種子のある詩」の第三番の四行詩、

沈め
詠ふな
ただ黙して
秋景色をたたむ紐となれ

を好んだことは、この詩のみを切り出して、英訳詩集『秋をめぐる紐』の冒頭に置いたことからも、そしてまたフィッツシモンズとの連詩『揺れる鏡の夜明け』のやはり冒頭に置いたことからも明らかだが——私の印象ではフィッツシモンズの英訳ではどこか禅問答ふうに見えて物足りないのだが——、この四行詩（英訳後の表記では最後の「なれ」を独立させて五行詩）が大岡にとって貴重だったのは、おそらくシュルレアリスムと連句の交点に位置しているように思えたからだろうと思う。この詩はおそらく大岡自身にとっても謎としてあったのではないか。作ったというよりも、命令として、あるいはお告げとして訪れたのではないか。つまり、自分が脇を付けなければならない発句として与えられたのではないか。そう思われる。それが大岡には魅力だったのだ。

ちなみにこれに続く第四番は「ぐい呑みのかなたの焚火／はッと萌えそめし焚火あり／森　あわてて／はだしになる見ゆ」である。私の眼には見事な付けになっていると思える。謎に謎で応えているからである。しかも、謎を広げることで禅問答に落着することを否定している。

「秋景色をたたむ紐」とは何か、「ぐい呑みのかなたの焚火」とは何か、「あわててはだしになる森」とは何か、私にはいっこうに分からないが、感じることはできる。その感じは基本的に諧謔味が強くしかも艶麗である。英訳とはまるで違っている。

「水の皮と種子のある詩」は、一人の作者による基本四行詩十一篇からなる連詩と言っていいが——八と九は二行、十一は五行——、発表は一九七二年二月で、安東、丸谷との歌仙の会が佳境に入ってゆく頃である。

私には、この詩に大岡の連句、連詩に対する考え方が端的に示されていると思える。要するにそれは、谷川のこだわった「私」の否定、あるいは放棄なのだ。大岡にとって言葉に身をゆだねるとはそういうことだったのである。極論すれば、大岡には無責任なまでに変幻自在なところがあった。自他の入れ替え可能性が完璧なまでに貫徹されていた。その批評が、感性豊かでありながらも論理的にきわめて明晰であったのとはまさに対照的に、その詩は逆説や飛躍に富み、信じられないほど非論理的であった。

大岡はおそらくそこに詩の自由があると考えていた。

4

むろん大岡がそういうかたちでこだわった詩の自由が具体的にどこまで連句、連詩において達成されていたかは別問題である。とりわけ、諸外国の詩人たちがその自由をどこまで感じていたか、また吸収していたか、現在の私には見当もつかない。だが、いずれ見当がつく日が来るだろうと思う。なぜならその「自由」は言語の本質に根ざしているからである。谷川の「私」が言語の本質に根ざしているのと同じなのだ。

ここで詳しく論じることはできないが、私の考えでは、三角みづ紀の句も、蜂飼耳の句も、谷川の「私」の問題を背負っている。同じように大岡の「自由」の問題を背負っている。比べやすいように、二人の句を摘出しておく。

火の恋し今朝はポストに投函し
君を呼んだらかへつて眩しい
窓ばかり青く染まつて夏の雨
所在ない無月の音は伸びやかで
まばたきをして永き日の果て
すべらかに触れた肌は灼かれた
汽笛が鳴つてゐる朝がある
露を宿した葉の儚さよ
降りしきる花のかけらに誘はれ

三角の句が基本的に感性に委ねられているのに対して、蜂飼の句は論理的であろうとしている。とはいえ、「私」を起点としているのは谷川と同じだ。

春立つや文字を夢みる白い紙
初茸狩に行きて還らぬ
拒みきれない文が来て
客人に花の傘貸す大桜
角曲がるたび知らぬ横顔
光差し獣の群の乗車して
消えた後にもなほ残る声
満月や波を奏でる見えない手
土筆に紛れ土手に寝転ぶ

三角と蜂飼が詩人であるのに対して、小島ゆかりは歌人である。俳人は物を、歌人は情を詠む。小島をこの類型のみで論じるわけにはいかないが、妖艶と言っていい趣があることは岡野に等しい。五七五に七七を付すだけで情の重みが数倍するという短歌の伝統に改めて驚くが、歌人の「私」のありようが俳人はもとより詩人とも微妙に違っているのが興味深い。

前の世は文豪なりしすみれかな
秋風さむきピノキオの鼻
夢ならず盗まれたきを紺の闇
敵をあざむく縞馬の縞
昔の春のみづおと天に
モンゴルの力士は冬も薄着なる
風か体か濃くなる日暮れ
月あかしこゑあるごとき夜の魚
花しづか一生半ばのけふの晴れ

小島の句を読むと、歌人の「私」なるものは言葉との長い馴染みの時を経てきたに違いないと思わせられる。その分だけ、客人四人のなかではもっとも大岡の流儀に近いと言っていいが、しかし詩人、俳人、歌人の「私」の演じ方の違いにも驚く。

大岡の「みちづれのすごろく打が寝言癖」というのは、「気がいい奴だと思っていたら寝言がうるさくて眠れやしねえ」と舌打ちしている「私」の姿が思い浮かぶという趣向の句だが、小島の「夢ならず盗まれたきを紺の闇」は、豪速球、いわば俳句のかたちをしている短歌であって、たとえば橋本多佳子を思わせる。橋本の句もそうだが、この「私」の背後に和泉式部を感じないことは難しい。この五七五に「風か体か濃くなる日暮れ」という七七を付せばその思いはさらに増すだろう。

夢ならず盗まれたきを紺の闇　風か体か濃くなる日暮れ

この「私」が歌によって鍛えられたものであることは疑いない。ここにははっきりと演じられている「女」がいて、それはむろん小島自身と重なるが、しかし完全に重なるというわけでもない。その振れの遊びがいわば和歌の歴史なのだと私は思う。

歌仙の場にあって、私はつねに岡野の句の妖艶に驚くのだが、小島の句はいっそう直截的でほとんど凄艶である。凄味のある色っぽさと言うほかない。

5

最後に、「大岡信を送る」と副題された「花見舟空に」について注記する。

冒頭の句「花見舟空に浮べん吉野かな」が、大岡初期の詩「方舟」および「知らぬものへの讃歌」などに呼応していることは言うまでもない。ただし、長谷川はまったく意識せずにこの句を句会で詠んで、その後に「まるで大岡が背後に憑いているようだ」と連衆に指摘されて驚き、発句に直したのである。ここでも言葉はいわば向こう側からやって来たのだ。

ひとよ　窓をあけて空を仰ごう
今宵ぼくらはさかさまになって空を歩こう
秘められた空　夜の海は鏡のように光るだろう
まこと水に映る森影は　森よりも美しいゆえ　（「方舟」）

大岡は後年、『紀貫之』に、空を海と見る貫之の着想に強い感銘を受けたむね記しているが、自身が若い頃にそういう詩を書いていたことはそのときは忘れていたのである。空に海を見、海に空を見るのは大岡の資質というか癖で、たとえば「知られぬものへの讃歌」の第一行は「湖水は空に浮んでいた」である。

脇の「春の底なるわれぞさびしき」は大岡初期の詩「水底吹笛」による。以下、第六句までその色調を引いている。「鬼の詞」は大岡らの中学時代の同人誌で、仔細は大岡の『詩への架橋』に詳しい。

初裏の「紅葉のケネディ空港ですれ違ひ」は私自身の一九八五年の体験に基づく。拙著『孤独の発明』のあとがきにも記したが、慌てふためいたことが忘れられない。「桃太郎」および「学年雑誌の表紙そつくり」は、櫂に参加するよう促すべく二十代の大岡に初めて会ったときの茨木のり子の第一印象で、しかも大岡＝桃太郎あるいは金太郎の印象はどうやら茨木だけのものではなかったようだ。少なくとも私は同じことを何人かから聞いている。

「柿田川」は静岡県駿東郡清水町の川の名。長良川、四万十川とともに日本三大清流のひとつで、柿田川湧水群として名水百選にも挙げられている。富士と名水は大岡の詩を背後から支えている。

「明るくて寂しき人に見舞はれて」は、初期の詩「明るくて寂しい人」に基づく。私見では、大岡は夫人の相沢かね子（戯曲家＝深瀬サキ）との出会いなしに大岡たりえなかった。詳述する余裕がないが、いわば大岡という仕組みに見事に組み込んでしまったのである。その最初の自覚がこの詩であり、ここから若き大岡のもっとも有名な詩「春のために」（初出＝「海と果実」）も生まれた。

「大岡裁き」は贅言無用。詳細を知るわけではないが、大岡の家が大岡越前守に連なることは、江戸城明け渡し後、旗本として将軍に付き従い駿府にまで下ったことからも確からしい。その後に三島の警察署長になったのが大岡の曾祖父だという。

「コラム讃へて」はむろん大岡を国民詩人にしたとも言われる「朝日新聞」のコラム「折々のうた」のことである。

名表の「三平」は赤坂の蕎麦屋の名で、岡野、長谷川、私の三人も、二〇一七年暮れまで毎月そこで歌仙を巻いていた。「三平」の命名者は丸谷才一。縁は、丸谷が贔屓にしていた銀座のバー、ザボンの女将・水口素子が赤坂に蕎麦屋を開いたことによる。ザボン、三平とも、丸谷のみならず、大岡、大岡夫人も足を運んでいた店である。付け加えれば、三平の後はカンフェランス・ザボンを会場にしている。

「丘のうなじ」は、深瀬サキへの献辞を持つ詩集『春　少女に』の冒頭の一篇。谷川俊太郎は自ら選んだ大岡の選詩集を『丘のうなじ』と名づけた。詩人の中村稔をはじめ『春　少女に』を大岡の代表詩集とするものは少なくない。

「言葉もてさはる」の背後に、一九六〇年代もっとも話題になった詩のひとつ「さわる」があることは指摘するまでもない。

以下、語のひとつひとつを大岡の詩や批評と関連づけてゆけば切りがないが、

「夢みるパリに来て／セザンヌの絵を一枚選ぶ」は、一九六三年十月、パリ青年ビエンナーレに招待されて初めて渡仏したときの大岡の体験に基づく。翌年一月まで滞在したこのとき、大岡は初めて、絵をたんに鑑賞するのではなく、買う立場で見ることになった。日本に私設美術館を作ろうとする実業家の相談相手になったからである。大岡は、五〇年代末から六〇年代にかけて詩人として以上に美術評論家として活躍したが、その一端である。よく言われる話だが、絵画を見るコツは、美術館なり画廊なりで、一点だけ貰えることになったその一点を決めるつもりで見ることであるという。大岡はそれ以上の体験をしたわけだ。実際に、大岡の勧めにしたがって買い上げられたからである。「硝子戸に映る桜花に抱かれて」というのは実景である。

大岡の通夜と葬儀は、二〇一七年四月五日から七日にわたって、静岡県裾野市千福が丘の自宅で執り行われたが——居間、食堂、応接間を包含する大広間には四、五十人が入れた——、その葬儀の日の朝、大岡の遺影と棺が「硝子戸に映る桜花に抱かれて」いたのだ。

私はいまや数少なくなった愛煙家のひとりだが、この不幸な性癖のために裾野の大岡家ではしばしばベランダに出ることになった。喫煙は屋外でするという程度の常識は私も持っているのである。葬儀のその日もむろん密かにベランダに出た。だがそこで私は、驚愕すべき光景を眼にすることになった。満開の庭の桜が、いわゆる吉野建ふうに二階に位置することになったベランダの硝子戸に映って大岡の遺影とその下の棺とにぴたりと重なり、それらの全体を見事に美しく飾っていたからである。満開の桜の真ん中に遺影がありその下に棺があってそれをさらに桜が支えている。私は参列していた人々にそれを伝えた。おそらくほとんど全員がその光景を見たのではないかと思う。硝子戸に映った花に抱かれるというのは大岡信にじつに相応しいと思った。

硝子戸という湖面に映る花に飾られるという趣向は、冒頭の「花見舟」を空に浮べるという趣向とも期せずして呼応することになった。

挙句の「永眠といふ春のうたたね」も、参列者の実感だったと思う。

『歌仙　永遠の一瞬』のためのメモ

何も無い日を有難うの巻　二〇一六年十一－二月

幻の世阿弥を追うて　二〇一六年八－九月

火の恋の巻　二〇一六年十月

清き憂ひ——迢空を憶ふ　二〇一五年十－十一月

文字を夢みるの巻　二〇一七年一－二月

花見舟空に——大岡信を送る　二〇一七年五－六月

すみれの巻　二〇一七年三－四月

＊すべて東京赤坂の三平にて

谷川俊太郎（たにかわ・しゅんたろう）
一九三一年、東京都生まれ。詩人。主な詩集に『二十億光年の孤独』『夜中に台所でぼくはきみに話しかけたかった』『コカコーラ・レッスン』『世間知ラズ』『トロムソコラージュ』『詩に就いて』など。

三角みづ紀（みすみ・みづき）
一九八一年、鹿児島県生まれ。詩人。主な詩集に『オウバアキル』『カナシヤル』『はこいり』『隣人のいない部屋』『舵を弾く』『よいひかり』など。著書に『とりとめなく庭が』など。

蜂飼耳（はちかい・みみ）
一九七四年、神奈川県生まれ。詩人。主な詩集に『いまにもうるおっていく陣地』『食うものは食われる夜』『隠す葉』『顔をあらう水』など。著書に『おいしそうな草』『朝毎読』など。

小島ゆかり（こじま・ゆかり）
一九五六年、愛知県生まれ。歌人。主な歌集に『ヘブライ暦』『希望』『憂春』『ごく自然なる愛』『さくら』『泥と青葉』『馬上』『六六魚』など。著書に『和歌で楽しむ源氏物語』など。

＊

岡野弘彦（おかの・ひろひこ）

一九二四年、三重県生まれ。歌人。主な歌集に『冬の家族』『滄浪歌』『海のまほろば』『天の鶴群』『バグダッド燃ゆ』『美しく愛しき日本』など、評論集に『折口信夫の晩年』『折口信夫伝』など。

三浦雅士（みうら・まさし）

一九四六年、青森県生まれ。文芸評論家。主な著書に『私という現象』『主体の変容』『メランコリーの水脈』『小説という植民地』『身体の零度』『青春の終焉』『出生の秘密』『孤独の発明』など。

長谷川櫂（はせがわ・かい）

一九五四年、熊本県生まれ。俳人。主な句集に『古志』『蓬萊』『虚空』『初雁』『吉野』『沖縄』『九月』など、評論集に『俳句の宇宙』『古池に蛙は跳びこんだか』『俳句の誕生』など。

歌仙《かせん》　永遠《えいえん》の一瞬《いっしゅん》

著　者　岡野弘彦　三浦雅士　長谷川櫂
谷川俊太郎　三角みづ紀　蜂飼耳　小島ゆかり

装　幀　中島　浩

発行者　小田久郎

発行所　株式会社思潮社
一六二‐〇八四二　東京都新宿区市谷砂土原町三‐十五
電　話　〇三‐三二六七‐八一五三（営業）八一四一（編集）
ＦＡＸ　〇三‐三二六七‐八一四二

印刷・製本　創栄図書印刷株式会社

発行日　二〇一九年一月二十五日